Mary Pope Osborne

Im Reich des Eiszauberers

Bisher erschienen:

Band 1: Abenteuer bei den Dinosauriern
Band 2: Auf der Spur der Ritter
Band 3: Die rätselhafte Mumie
Band 4: Suche nach dem Piratenschatz
Band 5: Das Geheimnis der Ninjas
Band 6: Verborgen im Dschungel
Band 7: Gefahr für das Mammut
Band 8: Die verlassene Mondstation
Band 9: Das Geheimnis der Delfine
Band 10: Ritt durch den Wilden Westen
Band 11: Im Reich der Löwen
Band 12: Rettung für die kleinen Eisbären
Band 13: Der große Vulkanausbruch
Band 14: Gefahr im Drachenreich
Band 15: Abenteuer bei den Wikingern
Band 16: Auf dem Pfad der Indianer
Band 17: Auf der Spur des Tigers
Band 18: Kleines Känguru in Gefahr
Band 19: Das Geheimnis von Olympia
Band 20: SOS auf der Titanic
Band 21: Rettung vor dem Wirbelsturm
Band 22: Flucht vor dem Erdbeben
Band 23: Lampenfieber vor dem großen Auftritt
Band 24: Gorilla-Baby in Not
Band 25: Bedrohung im Paradies
Band 26: König Artus und die Mission der Ritter
Band 27: Geheimauftrag im Spukschloss
Band 28: Das geheimnisvolle Zauberschwert
Band 29: Im Reich des Eiszauberers

Mary Pope Osborne

Im Reich des Eiszauberers

Aus dem Amerikanischen
übersetzt von Sabine Rahn
Illustriert von Jutta Knipping

Band 29

Für Sal Murdocca,
der wunderbare Illustrationen zaubert

ISBN 978-3-7432-1222-0
Überarbeitete Neuausgabe des Titels *Im Bann des Eiszauberers*
1. Auflage 2022

erschienen unter dem Originaltitel *Winter of the Ice Wizard*

Erschienen in der Original-Serie *Magic Tree House*™.
Magic Tree House™ ist eine Trademark von Mary Pope Osborne,
die der Originalverlag in Lizenz verwendet.
Veröffentlicht mit Genehmigung des Originalverlags,
Random House Children's Books, a division of Random House, LLC.
Aus dem Amerikanischen übersetzt von Sabine Rahn
Umschlag- und Innenillustrationen: Jutta Knipping
Umschlaggestaltung: Elke Kohlmann
Printed in the EU

www.dasmagischebaumhaus.de
www.loewe-verlag.de

Inhalt

Wintersonnenwende

Philipp und Anne backten mit ihrer Mutter Plätzchen.

„Hey, draußen schneit es“, sagte Anne aufgeregt.

Philipp sah aus dem Fenster. Es war Nachmittag und dicke Schneeflocken fielen vom Himmel.

„Möchtest du rausgehen?“, fragte Anne.

„Nein, eigentlich nicht. Es wird doch bald dunkel“, antwortete Philipp.

„Richtig“, sagte ihre Mutter. „Heute ist der 21. Dezember, heute ist Winteranfang. Es ist der kürzeste Tag des Jahres.“

„Du meinst, es ist Wintersonnenwende?“, fragte Philipp.

„Ja, genau“, antwortete seine Mutter.

Philipp und Anne sahen sich an. Im letzten Sommer hatte Merlin sie zur Sommersonnenwende um Hilfe gebeten. Vielleicht würde er das heute ja wieder machen!

„Es würde mir doch Spaß machen, im Schnee zu spielen“, sagte Philipp.

„Wie ihr wollt“, antwortete ihre Mutter.

Die Geschwister schlüpften in ihre Stiefel. Rasch zogen sie ihre Jacken an und streiften Handschuhe, Schal und Mütze über.

Dann gingen sie in die winterliche Kälte hinaus. Ihre Stiefel knirschten im Schnee, als sie zum Wald von Pepper Hill liefen.

„Guck mal“, sagte Anne. Sie zeigte auf zwei Paar Fußspuren, die auf die Straße führten und dann wieder zurück zum Wald. „Hier war schon jemand.“

Sie gingen schnell durch den Wald, immer den Fußspuren nach.

„Halt“, sagte Anne und zog Philipp hinter einen Baum. „Guck mal da.“

Zwei fremde Gestalten liefen ausgerechnet auf die große Eiche zu, in der immer das magische Baumhaus landete!

Philipp rannte los und Anne lief hinterher. Als sie das Baumhaus erreichten, waren die beiden Unbekannten schon darin verschwunden.

„Kommt raus!", schrie Philipp.

„Das ist *unser* Baumhaus!", rief Anne.

Zwei Kinder streckten die Köpfe aus dem Fenster des Baumhauses. Der Junge hatte zerzauste rote Haare und Sommersprossen. Das Mädchen hatte meerblaue Augen und lange schwarze Haare.

„Klasse!“, freute sich der Junge. „Wir sind gekommen, um euch zu suchen, aber stattdessen habt ihr uns gefunden.“

„Teddy!“, rief Anne erfreut, „Kathrein!“

Philipp und Anne kletterten schnell die Strickleiter hinauf.

„Wir haben euch gesucht“, erklärte Teddy. „Wir sind hinuntergeklettert und durch den Wald bis zu einer Straße gegangen.“

„Aber die Straße war voller Monster!“, sagte Kathrein aufgeregt. „Eine große rote Kreatur hat uns fast überrollt! Sie machte schreckliche dröhnende Geräusche!“

„Das waren keine Monster“, sagte Anne lachend. „Das waren Autos. Immer wenn ihr in unserer Welt eine Straße überquert, müsst ihr auf Autos achten.“

„O ja, das machen wir“, sagte Teddy.

„Warum seid ihr hergekommen?“, wollte Philipp wissen.

„Auf Merlins Schreibtisch haben wir eine Nachricht für euch gefunden und beschlossen, sie selbst zu überbringen“, antwortete Teddy.

Er holte einen kleinen grauen Stein aus seinem Mantel und gab ihn Philipp. Die Nachricht war in einer winzigen Handschrift geschrieben. Philipp las laut vor:

An Philipp und Anne
aus Pepper Hill:
Mein Stab der Macht wurde gestohlen.
Reist zur Wintersonnenwende
in das Land des Ewigen Schnees.
Geht in Richtung Abendsonne
und findet meinen Stab –
oder alles ist verloren.
Merlin

„Warum hat uns Merlin diese Nachricht nicht selbst überbracht?“, überlegte Philipp.

„Wir haben keine Ahnung“, antwortete Teddy. „Merlin und Morgan haben wir seit Tagen nicht mehr gesehen.“

„In seiner Nachricht steht, dass wir ins Land des Ewigen Schnees müssen“, sagte Philipp. „Wo ist das?“

„Das ist ein Land weit nördlich von meiner Bucht“, antwortete Kathrein.

„Ich habe in Merlins Büchern darüber gelesen“, meinte Teddy. „Es ist dort so trostlos wie in einer Eiswüste. Ich kann es kaum erwarten, es selbst zu sehen.“

„Also kommt ihr mit uns?“, fragte Anne.

„Allerdings“, bestätigte Kathrein.

„Gemeinsam können wir vier alles schaffen, stimmt's?“, sagte Teddy und lächelte.

„Stimmt!“, antwortete Anne.

Sie zeigte auf die Worte *Land des Ewigen Schnees* in Merlins Nachricht und sagte laut: „Ich wünschte, wir könnten dort sein.“

Wind kam auf.

Das Baumhaus fing an, sich zu drehen.

Es drehte sich schneller und immer schneller.

Dann war alles wieder still.

Totenstill.

Das Land des Ewigen Schnees

Die vier Freunde sahen aus dem Fenster.

Das Baumhaus war nicht wie sonst in einem Baum gelandet, denn es gab nirgendwo Bäume. Stattdessen stand es auf der Spitze einer steilen Schneewehe.

„Es stimmt, was in den Büchern steht", stellte Teddy zähneklappernd fest. „Hier ist es wirklich ziemlich trostlos!"

„Nein, ich finde es herrlich", widersprach Kathrein.

„In dieser Gegend leben die Seehundmenschen des Nordens.“

Sie kletterte aus dem Fenster des Baumhauses. Dann breitete sie ihren Mantel aus, setzte sich drauf, stieß sich ab und rutschte den Abhang hinunter.

„Irre!“, rief Anne. Sie kletterte mit Philipp und Teddy ebenfalls aus dem Fenster und sie rodelten jauchzend die Schneewehe hinunter. Das machte Spaß!

Am Fuß der Schneewehe rappelten sie sich auf. In der eisigen Luft konnte Philipp seinen Atem sehen.

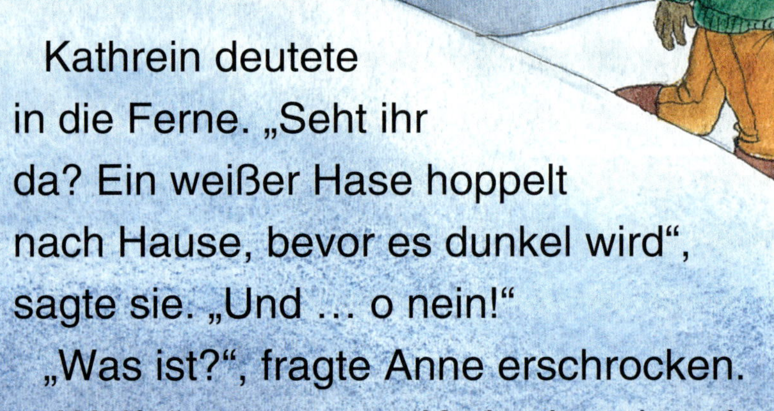

Kathrein deutete in die Ferne. „Seht ihr da? Ein weißer Hase hoppelt nach Hause, bevor es dunkel wird“, sagte sie. „Und … o nein!“

„Was ist?“, fragte Anne erschrocken.

„Wölfe“, antwortete Kathrein schaudernd. „Sie sind gerade hinter einer Schneewehe verschwunden. Wir Selkies haben große Angst vor Wölfen.“

„Ich werde dich beschützen“, beruhigte Teddy sie und nahm ihre Hand. „Wir gehen in Richtung der untergehenden Sonne!“

Zusammen liefen sie

über die verschneite Ebene. Währenddessen versank die Sonne immer tiefer hinter dem Horizont.

Der Wind blies Philipp kalt ins Gesicht. Er senkte den Kopf. Hoffentlich würden sie Merlins Zauberstab bald finden.

„Philipp, komm her und sieh dir das an!“, rief Anne. Sie, Teddy und Kathrein standen auf dem Hang einer großen Schneewehe.

Philipp lief zu ihnen.

Auf der anderen Seite der Schneewehe stand ein Palast aus riesigen Eisblöcken. Im Licht des aufgehenden Mondes ragten die schimmernden Türme in die Nacht.

Rasch liefen sie den Abhang hinunter und über die tiefblaue Ebene, bis sie vor dem mächtigen Schloss standen. Lange Eiszapfen hingen vor dem Eingangstor.

Teddy brach einige Eiszapfen ab, um das Tor öffnen zu können. „Vorwärts?“, fragte er.

Die anderen nickten.

Der Weiße Winterzauberer

Im Palast war es noch kälter als draußen. Mondlicht flutete durch große Fenster. Der Boden schimmerte. Dicke Säulen aus glitzerndem Eis stützten das hohe Deckengewölbe.

„Willkommen, Philipp und Anne!“, donnerte eine Stimme durch den Raum.

Philipp schnappte überrascht nach Luft. „Ist das Merlin?“, flüsterte er.

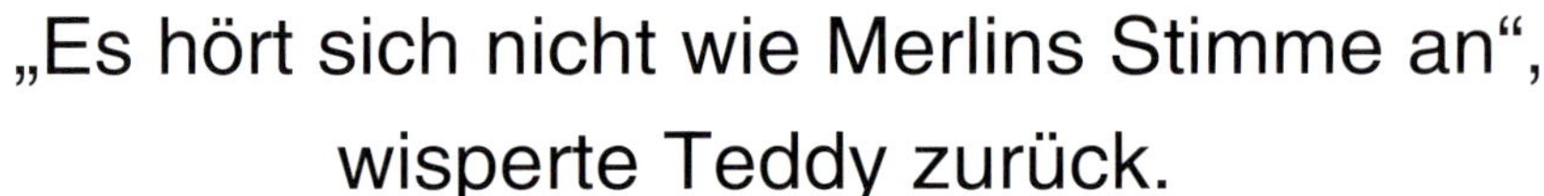

„Es hört sich nicht wie Merlins Stimme an“, wisperte Teddy zurück.

„Vielleicht ist es ja doch Merlin!“, meinte Anne. „Vielleicht verstellt er nur seine Stimme! Los, kommt schon!“

Hinter den Säulen führten in Eis geschlagene Stufen hinauf zu einer Plattform. Dort stand ein Thron. Und auf dem Thron saß ein riesiger bärtiger Mann.

Der Mann war ganz eindeutig nicht Merlin. Sein zerschlissenes Gewand war mit einem

Pelzsaum verziert und er trug eine schwarze Augenklappe. Er starrte mit seinem gesunden Auge auf Anne herab.

„Wer bist *du*?“, wollte er wissen. „Ich habe die mächtigen Gehilfen Merlins aus Pepper Hill erwartet.“

Anne ging einen Schritt auf den Thron zu und antwortete: „Ich bin Anne, dort steht Philipp. Manchmal helfen wir Merlin und Morgan.“

„Anne, pssst!“, raunte Philipp. Er traute dem Mann auf dem Thron nicht.

Aber Anne sprach weiter. „Heute hat Merlin uns gebeten, ins Land des Ewigen Schnees zu reisen. Er hat uns eine Nachricht geschickt."

„Ah …", sagte der Mann auf dem Thron. Er beugte sich nach vorn und sagte mit leiser Stimme: „An Philipp und Anne aus Pepper Hill: Mein Stab der Macht wurde gestohlen. Reist zur Wintersonnenwende in das Land des Ewigen Schnees. Geht in Richtung Abendsonne und findet meinen Stab – oder alles ist verloren."

Philipp murmelte verständnislos: „Woher …?"

„Woher ich weiß, was in Merlins Nachricht stand?", fragte der Mann und lachte höhnisch. „Ich weiß es, weil ich sie selbst geschrieben habe!"

Philipp machte einen Schritt rückwärts. Der sonderbare Mann auf dem Thron hatte sie hereingelegt.

„Wer seid Ihr?“, wollte Teddy wissen.

„Ich bin der Weiße Winterzauberer“, antwortete der Mann. „Aber man nennt mich auch den Eiszauberer!“

Er blickte kalt funkelnd von Teddy zu Kathrein. „Und wer seid ihr beiden?“

„Ich bin ein Lehrling von Morgan“, antwortete Teddy.

„Und ich bin eine Selkie", sagte Kathrein, „eine von dem alten Volk der Seehundmenschen."

„Dann seid ihr beide also aus *meiner* Welt", stellte der Eiszauberer fest. „Euch brauche ich nicht." Er sah wieder zu Philipp und Anne. „Ich bin nur an den zwei Sterblichen aus Pepper Hill interessiert."

„Wieso?", wollte Philipp wissen.

„Ich will, dass ihr etwas für mich findet."

Der Eiszauberer nahm die schwarze Augenklappe ab und entblößte eine leere Augenhöhle.

„Igitt", murmelte Anne leise.

„Findet mein Auge und bringt es mir zurück", befahl der Eiszauberer.

„Warum könnt Ihr Euer Auge nicht selbst zurückholen?", fragte Anne.

„Stellt meine Befehle niemals infrage!", brüllte der Eiszauberer.

„Schreit meine Schwester nicht so an!“, rief Philipp aufgebracht.

Der Zauberer zog eine Augenbraue hoch. „Ihr seid Bruder und Schwester?“, fragte er.

„Ja“, antwortete Philipp.

Der Zauberer nickte langsam. Seine Stimme wurde sanfter. „Und du beschützt deine Schwester“, stellte er fest.

„Wir beschützen uns gegenseitig“, sagte Philipp.

„Ich verstehe“, flüsterte der Zauberer. Dann wurde er wieder schroff. „Vor langer Zeit habe ich mein Auge gegen etwas eingetauscht, das ich unbedingt haben wollte, aber ich habe es nie bekommen. Jetzt möchte ich mein Auge zurückhaben.“

„Mit wem habt Ihr getauscht?“, wollte Anne wissen.

„Mit den Schwestern des Schicksals!“, antwortete der Zauberer. „Aber sie haben mich betrogen! Ihr müsst zu ihnen gehen und mein Auge zurückholen. Und ihr müsst alleine gehen, weil nur Sterbliche einen Handel mit den Schicksalsschwestern rückgängig machen können.“

„Philipp und ich haben unsere anderen Aufgaben immer nur lösen können, weil Teddy und Kathrein oder Morgan und Merlin uns mit einem Zauberreim oder Rätsel geholfen haben“, sagte Anne.

„Ah. Also werde ich das Gleiche tun“, sagte der Eiszauberer. Er lehnte sich nach vorn. Mit knurrender Stimme sagte er:

Nehmt meinen Schlitten
und gebt immer acht,
den Weg gut zu finden
in finsterer Nacht.
Zum Haus der drei Nornen
am Wasser hin eilt
und in ihrem Heim dann
ein wenig verweilt.
Gebt ihnen, ohne zu grollen,
was immer sie gern haben wollen.
Bringt mir mein Auge,
bevors tagt, zurück,
dass ich wiederfind
mein verlorenes Glück.

Der Zauberer griff in die Tasche seines Gewandes und holte eine dicke Schnur heraus, in die eine Menge Knoten geknüpft waren. „Diese Windschnur wird eure Reise beschleunigen“, sagte er und warf Philipp die Kordel zu.

Dann warnte der Eiszauberer: „Hütet euch vor den weißen Wölfen der Nacht. Wenn sie euch erwischen, werden sie euch auffressen!“

Philipp lief es kalt den Rücken runter.

Der Eiszauberer griff neben seinen Thron und hob einen Holzstab vom Boden auf.

Teddy hielt vor Schreck die Luft an. „Das ist Merlins Stab der Macht!“, flüsterte er.

„Ganz genau“, bestätigte der Zauberer. Er drehte sich zu Philipp und Anne um. „Ihr werdet Merlin und Morgan nur wiedersehen, wenn ihr mir vor Anbruch des Tages mein Auge zurückbringt."

Dann fuhr er mit Merlins Zauberstab durch die Luft und rief einen Zauberspruch: „Ow-Nigk!"

Ein blauer Feuerblitz schoss aus der Spitze des Stabes. Und im gleichen Moment waren Philipp, Anne, Teddy und Kathrein draußen in der eisigen Nacht.

Nehmt meinen Schlitten!

Über ihnen schien hell der Vollmond und ein paar kalt funkelnde Sterne leuchteten am Himmel.

„Was sind Nornen?“, fragte Philipp und dachte an das Gedicht des Eiszauberers.

„Man nennt sie auch die Schwestern des Schicksals“, meinte Teddy. „Sie verbringen ihre Tage mit dem Weben von großen Wandteppichen. Die Bilder, die sie hineinweben, bestimmen das Schicksal all derer, die im Land des Ewigen Schnees leben.“

„Also haben die Nornen sein Auge“,

schloss Philipp. „Dann hat er die Nornen gemeint, als er sagte, er habe mit den Schicksalsschwestern getauscht.“

„Wir sollen seinen Schlitten nehmen“, erinnerte sich Anne. „Aber wo ist er?“

„Da“, sagte Kathrein.

Im kalten Mondlicht funkelte ein silberner Schlitten. Er hatte die Form eines kleinen Segelschiffes auf glänzenden Kufen.

Auf einmal erklang ein schreckliches Geheul in der windstillen Nacht.

„Wölfe!“, schrie Teddy.

In Windeseile rannten sie zum Schlitten und kletterten hinein.

Philipp drehte sich um. Er sah zwei große weiße Wölfe, die im Mondlicht über die Ebene jagten.

„Wie bringen wir den Schlitten in Gang?“, fragte Philipp verzweifelt.

„Benutze die Windschnur!“, schlug Teddy ihm vor.

Philipp zog die Windschnur, die ihm der Eiszauberer gegeben hatte, aus der Jackentasche. „Und wie?“, fragte er.

„Öffne einen Knoten!“, antwortete Teddy.

Philipp zog seine Handschuhe aus. Mit zitternden Fingern begann er, einen Knoten zu öffnen. Plötzlich kam Wind auf. Das Segel über ihnen bewegte sich sacht.

„Öffne noch einen!“, rief Teddy.

Philipp knüpfte rasch einen weiteren Knoten auf. Der Wind wurde stärker und das Segel wölbte sich leicht. Die Schlittenkufen glitten über den Schnee.

Philipp drehte sich um. Die beiden weißen Wölfe hatten sie schon fast eingeholt.

Er öffnete schnell einen dritten Knoten. Kalter Wind blähte das Segel und der Schlitten sauste davon.

„Gut festhalten!“, schrie Teddy. Er ergriff das Ruder und lenkte das Schlittenschiff über den Schnee.

Die Wölfe blieben hinter ihnen zurück. Ihr Heulen wurde immer schwächer, bis die Freunde es schließlich gar nicht mehr hörten.

Der Wind trieb den silbernen Schlitten über die mondhelle Ebene. Obwohl es sehr kalt war, machte die Fahrt Spaß.

„Woher wusstest du, dass Wind kommen würde, wenn wir die Knoten lösen?“, wollte Philipp von Teddy wissen.

„Das ist ein uralter Zauber“, antwortete Teddy. „Ich hatte schon von Windschnüren gelesen.“

„Wie gut, dass du so viel liest“, fand Anne.

„Oh, guckt mal!“, Kathrein zeigte erfreut in die dunkle Ferne. „Hasen und Füchse! Und hört mal, da oben hinter der Wolke ziehen Schwäne.“

Philipp war tief beeindruckt, wie gut Kathrein sehen und hören konnte. Ihm kam die Landschaft völlig verlassen vor.

„Wir sollen zu einem Haus am Wasser fahren, um die Nornen zu finden“, erinnerte sich Anne.

„Damit ist sicherlich das Ufer der Meeresbucht gemeint. Dann fahren wir jetzt nach links und folgen den Schwänen!“, schlug Kathrein vor. „Sie fliegen zum Meer!“

Teddy lenkte den Schlitten nach links.

„Wir fahren jetzt auf Eis! Unter uns ist das Meer!“, erklärte Kathrein. „Hier müssen Seehunde unter der Eisdecke sein. Ich kann ihre Atemlöcher sehen! Lasst uns anhalten.“

„Philipp, mach wieder Knoten in die Schnur!“, schlug Anne vor.

Mit zitternden Fingern knüpfte Philipp drei Knoten. Der Wind legte sich und der Schlitten hielt an.

Kathrein ging über das Eis. An einem kleinen Loch kniete sie sich hin und sagte leise etwas in der Selkiesprache. Dann legte sie ihr Ohr dicht an das Loch und lauschte.

Schließlich stand sie auf. „Der Seehund hat gesagt, dass die Bucht hinter diesen Felsen liegt“, erklärte sie und zeigte nach vorne. „Da werden wir die Nornen finden.“

Zusammen gingen sie über das spiegelglatte Eis und zwischen großen Felsbrocken hindurch.

Auf der anderen Seite erhob sich ein schneebedeckter Hügel. Rauch stieg aus der Spitze des Hügels – ein kleiner Schornstein ragte aus dem Schnee!

Sie lugten durch ein Fenster in das Haus. Im Kamin brannte ein großes Feuer. Im Licht des Feuers sahen sie drei Wesen, die an einem großen Webstuhl arbeiteten.

Die drei Schicksalsschwestern waren dünn wie Skelette. Sie hatten graues Haar, lange Nasen und große, hervortretende Augen.

Plötzlich erklang wieder ein fürchterliches Heulen in der Stille.

„Die Wölfe!“, flüsterte Kathrein.

Teddy rannte zur Tür und riss sie auf. „Los, alle rein!“, befahl er.

Und zu viert stürzten sie in das Haus der Nornen.

Die Nornen

Teddy schlug den Wölfen die Tür vor der Nase zu und Philipp seufzte erleichtert.

„Herzlich willkommen!“, sagten die drei Nornen einstimmig. Sie unterschieden sich nur durch die Farben ihrer Umhänge: Blau, Braun und Grau.

„Wie geht es euch, Philipp, Anne, Teddy und Kathrein?“, fragte die blaue Norne.

„*Jetzt* geht es uns gut“, antwortete Anne. „Tut uns leid, wenn wir euch stören. Aber Philipp und ich brauchen das Auge des Eiszauberers, um Merlin und Morgan zu retten.“

„Das wissen wir“, antwortete die blaue Norne. „Wir weben gerade die Geschichte des Eiszauberers. Seht sie euch an.“

Die vier Freunde traten an den Webstuhl.

Kleine Bilder waren in den Teppich gewebt. Alle Fäden waren in Winterfarben gehalten: Blau, Grau und Braun.

Ein Bild zeigte zwei Kinder, die zusammen spielten. Auf einem zweiten sah man einen Jungen, der hinter einem Schwan herrannte. Auf einem dritten waren zwei Wölfe zu sehen und auf einem vierten schließlich ein Auge in einem Kreis.

„Welche Geschichte erzählt das Bild mit dem Auge?“, fragte Philipp.

„Vor langer Zeit kam der Weiße Winter-

zauberer zu uns. Er suchte nach der Weisheit der Welt“, erzählte die graue Norne. „Wir sagten, wir würden sie ihm geben, wenn er uns dafür ein Auge gibt. Er stimmte diesem Handel zu.“

„Wir pflanzten die Samen der Weisheit in sein Herz, aber sie wuchsen nie“, fuhr die braune Norne fort.

„Warum wolltet ihr ausgerechnet sein Auge?“, fragte Philipp.

„Wir wollten es dem Frostriesen geben“, antwortete die blaue Norne.

„Wer ist der Frostriese?“, fragte Teddy.

„Er ist weder ein Zauberer noch ein Sterblicher“, erklärte die blaue Norne. „Er ist eine blinde Naturgewalt, die nichts, was ihm in den Weg kommt, verschont.“

„Wir hatten gehofft, der Frostriese würde das Auge benutzen, um die Schönheit dieser Erde zu sehen, sodass er sie nicht immer wieder zerstört“, erzählte die braune Norne. „Aber leider hat er unser Geschenk gar nicht benutzt! Er hält es dort versteckt, wo wir es für ihn hingelegt haben.“

„Wo ist das?“, fragte Anne.

„Der Frostriese schläft im Hohlen Hügel“, antwortete die graue Norne.

„In dem Hohlen Hügel ist ein Loch“, sagte die blaue Norne.

„Und in dem Loch liegt ein Hagelkorn“, fügte die braune Norne hinzu.

„Und im Inneren des Hagelkorns ist das Auge des Zauberers verborgen“, verriet die graue Norne.

„Ja!“, bestätigte die blaue Norne. „Dort müsst ihr hingehen. Aber seid vorsichtig: Ihr dürft den Frostriesen niemals direkt ansehen. Jeder, der ihn direkt anschaut, erfriert auf der Stelle.“

Philipp schauderte und nickte.

„Vielen Dank für eure Hilfe“, sagte Anne. „Im Reim des Eiszauberers heißt es, wir sollen euch zahlen, was immer ihr verlangt.“

Die Nornen schauten sich an. „Ich mag das gewebte Ding um ihren Hals“, sagte die graue Norne zu ihren Schwestern.

Anne nahm ihren roten Wollschal und legte ihn in die Nähe des Webstuhls.

„Wie schön!“, freute sich die blaue Norne. „Vielleicht sollten wir keine Schicksale mehr weben, sondern lieber Schals!“

„So, nun geht aber“, sagte die graue Norne. „Fahrt in Richtung des Nordsterns. Wenn ihr die schneebedeckten Berge erreicht, haltet nach einem Ausschau, der keine Spitze hat. Das ist der Hohle Hügel.“

„Entschuldigt bitte, aber ich habe noch eine Frage“, sagte Kathrein. Sie zeigte auf das Bild mit dem Schwan und dem Jungen. „Wovon handelt diese Geschichte?“

„Das ist eine traurige Geschichte“, antwortete die graue Norne. „Der Eiszauberer hatte eine jüngere Schwester, die er mehr liebte als alles andere auf der Welt. Eines Tages stritten sie sich wegen einer unwichtigen Sache. Er verlor seine Beherrschung und befahl ihr, ihn für immer in Ruhe zu lassen.

Mit Tränen in den Augen rannte sie zum See. Dort traf sie die Schwanenfrauen. Die gaben ihr ein gefiedertes Kleid. Sie zog es an und wurde selbst zu einer Schwanenfrau. Dann flog sie mit den anderen weg und kam nie wieder.“

„Nachdem seine Schwester weg war, wurde der Eiszauberer gefühllos und gemein", erzählte die blaue Norne. „Es war fast so, als hätte sie sein Herz mitgenommen."

„Das ist wirklich traurig", sagte Anne. „Wie geht die Geschichte aus?"

„Nicht wir, sondern ihr habt jetzt die Fäden in der Hand und bestimmt, was wir als Nächstes weben werden", erklärte die braune Norne. Ihre beiden Schwestern lächelten zustimmend.

„Auf Wiedersehen!", sagten die drei Nornen. Philipp, Anne und ihre Freunde winkten zum Abschied. Dann verließen sie das Haus und gingen wieder in die eisige Nacht hinaus.

Im Hohlen Hügel

Sie stapften zwischen den großen Felsbrocken hindurch. Der silberne Schlitten wartete im Mondlicht auf sie. Philipp und Anne stiegen ein.

„Könnt ihr nicht mit uns kommen?“, fragte Philipp Teddy und Kathrein.

„Nur Sterbliche können mit den Nornen handeln“, antwortete Teddy. „Und das Auge zu finden und zurückzuholen, gehört auch zu diesem Handel. Wir können euch leider nicht helfen.“

„Habt keine Angst“, sagte Kathrein. „Bei Tagesanbruch werden wir uns beim Palast des Eiszauberers wiedertreffen.“

Philipp nahm die Windschnur aus seiner

Jackentasche. Dann zog er seine Handschuhe aus und löste wieder drei Knoten. Der Wind frischte auf, das Segel flatterte und der Schlitten setzte sich in Bewegung.

Wenig später erreichten sie die Ebene. Die beiden hielten nun direkt auf den hellen Nordstern zu.

Nachdem sie eine Weile durch die dunkle Stille gefahren waren, entdeckten sie schneebedeckte Berge in der Ferne.

„Sieh mal!“, rief Philipp. „Ich glaube, da ist es!“ Er zeigte auf einen Berg, der als Einziger keine Spitze hatte.

Philipp machte einen Knoten. Der Schlitten wurde langsamer. Er machte einen zweiten Knoten und dann einen dritten. Der Wind legte sich und der Schlitten hielt am Fuße des Hohlen Hügels.

Aufmerksam betrachteten Philipp und Anne den Berg im Mondlicht.

„Ist das da oben eine Öffnung?“, fragte Anne.

„Kann sein“, antwortete Philipp. „Lass uns hochklettern und nachschauen.“

Als sie die Öffnung erreicht hatten, stiegen sie in einen großen Spalt, der in den Berg hineinführte.

Philipp und Anne kletterten auf einen Felsvorsprung. Mondlicht schien auf den Boden der Höhle herab. Dort konnten sie eine runde Fläche erkennen, auf der offenbar der Wind den Schnee in großen Kreisen zusammengewirbelt hatte.

„Das muss der Schlafplatz des Riesen sein!", vermutete Anne.

Sie kletterten hinunter in die Höhle. Sorgfältig suchten sie im Mondlicht den Boden nach einem Loch ab.

Plötzlich stolperte Anne und fiel hin. „Autsch … Wow!“, sagte sie. „Ich glaube, ich habe gerade das Loch gefunden! Ich bin hineingetreten!“

Anne griff in ein schmales Loch im Boden. Sie holte ein Stück Eis heraus, das so groß war wie ein Ei.

„Das Hagelkorn!“

Dann hielt sie die Luft an. „Hast du das gespürt?“

„Was gespürt?“, fragte Philipp.

„Der Boden wackelt“, antwortete Anne.

Jetzt merkte auch Philipp, dass der Boden bebte.

Er hörte außerdem ein merkwürdiges Schnaufen. Es war ziemlich laut und kam von draußen: *Hffff, hffff, hffff* … Es hörte sich ganz so an, als ob jemand atmete!

„Der Riese kommt zurück!“, sagte Anne erschrocken.

Sie steckte schnell das Hagelkorn in ihre Jackentasche. *Hffff* … Es hörte sich an, als ob der Riese jetzt gleich die Höhle betreten würde!

Philipp zog Anne in den Schatten und erinnerte sich an die Warnung der Nornen. „Was auch passiert, sieh ihn bloß nicht an!“, flüsterte er Anne zu.

Der Frostriese

Hffff, hffff, hffff …

Mit jedem Atemzug des Frostriesen fegte eine kalte Windböe durch die Höhle.

Hffff, hffff, hffff …

Das Atmen des Riesen wurde immer lauter und stärker. Philipp kniff fest die Augen zu, als ihn ein eisiger Wind traf.

Hffff, hffff, hffff …

Das Atmen des Riesen keuchte nun so laut durch die Höhle wie hundert Geister.

Aber dann schien die Atmung des Riesen wieder stiller zu werden.

„Vielleicht schläft er ein“, flüsterte Anne.

Das Atmen war nun ganz ruhig. Es wehte nur noch ein sanfter Wind.

„Wir sollten versuchen, uns rauszuschleichen“, flüsterte Anne.

„Okay, aber schau immer nur auf den Boden“, flüsterte Philipp.

Vorsichtig schlichen sie durch die Höhle. Plötzlich brach ein ohrenbetäubendes Gebrüll los. Der Frostriese tobte rasend vor Wut! Er war wach!

Philipp wurde auf den Boden geschleudert.

Schnell half Anne ihm hoch und gemeinsam kämpften sie gegen den Wind. Schließlich erreichten sie den Spalt in der Wand und krochen hinaus.

Draußen kullerten sie den Abhang hinunter. Der Wind peitschte dichte Schneewirbel über die Ebene.

Philipp versuchte aufzustehen, aber immer mehr Schnee stürzte auf ihn herab, bis er ganz zugedeckt war.

Unter dem Schnee begraben, verließen Philipp all seine Kräfte. Ihm war kalt und er war sehr müde. Er war sogar zu müde, um nach Anne zu suchen und gegen den Frostriesen zu kämpfen. Stattdessen schloss er die Augen und fiel in einen eisigen Schlaf.

Philipp träumte, dass ein Wolf den Schnee wegscharrte. Der Wolf stupste ihn an.

Philipp machte die Augen auf. Er war benommen und konnte zuerst nichts sehen. Aber er spürte, dass er nicht mehr unter dem Schnee begraben war.

Dann hörte Philipp ein Hecheln. Einer der weißen Wölfe kauerte genau hinter ihm!

Philipp rappelte sich auf. „Geh weg!“, schrie er. Der Wolf wich ein paar Meter zurück. Philipp sah sich hektisch um. Anne lag reglos im Schnee. Der zweite weiße Wolf berührte sie mit der Pfote.

„Lass sie in Ruhe!“, schrie Philipp. Er sah wütend zu den beiden weißen Wölfen. Diese sahen einander an und zogen sich langsam zurück.

Philipp lief zu Anne. Er kniete sich neben sie und hob ihren Kopf. Anne schlug die Augen auf.

„Ich habe von weißen Wölfen geträumt“, murmelte sie.

„Ich auch!“, erzählte Philipp. „Und als ich aufwachte, waren sie wirklich da! Aber ich habe sie vertrieben. Komm. Lass uns von hier verschwinden!“

Hinter einer Schneewehe stand der silberne Schlitten. Philipp nahm Anne bei der Hand und gemeinsam stapften sie durch den Schnee. Sie kletterten in den Schlitten und Anne stellte sich ans Ruder. Philipp holte die Windschnur aus seiner Tasche und löste drei Knoten.

Eine Brise erfasste den Schlitten. Er wurde schneller und glitt über den Schnee.

Als sie sich dem Palast näherten, machte Philipp einen Knoten und sie wurden langsamer. Nachdem er weitere Knoten gemacht hatte, hielt der Schlitten an.

„Wo sind Teddy und Kathrein?“, fragte Anne. „Sie wollten sich doch in der Morgendämmerung hier mit uns treffen.“

Philipp blickte über die weite weiße Ebene, aber er konnte ihre Freunde nirgendwo entdecken. Wenn er doch nur so gut sehen könnte wie Kathrein!

„Ich glaube, wir können nicht auf sie warten“, meinte Anne. „Das Auge muss wieder zum Zauberer zurück, bevor die Sonne aufgeht.“

Der Himmel leuchtete nun rot und die Sonne spähte bereits ein kleines bisschen über den Horizont.

„Die Sonne!“, schrie Philipp. „Beeilung!“ Die Geschwister sprangen vom Schlitten und rannten auf den Palast zu. Sie rannten hinein, gerade als der glühende Ball der Sonne über dem Horizont aufging.

Die Rückkehr des Auges

Der Zauberer wartete schon auf sie und die zwei weißen Wölfe lagen auf beiden Seiten seines Throns.

„Nun?“, fragte der Zauberer. „Habt ihr mein Auge zurückgebracht?“

Anne nahm das Hagelkorn aus ihrer Tasche und hielt es dem Zauberer hin. Philipp beobachtete nervös die Wölfe, als das Hagelkorn von Annes kleiner Hand in die große raue Hand des Zauberers glitt.

Der Zauberer schlug mit einer schnellen Handbewegung das Eisstück fest gegen die Armlehne seines Throns.

Das Eis zerbrach. Behutsam nahm der Zauberer das gefrorene Auge in die Hand.

Philipp und Anne beobachteten, wie er es in die dunkle Augenhöhle steckte.

Nun hatte er zwei Augen. Aber sein neues bewegte sich nicht. Es sah aus, als wäre es immer noch gefroren.

Der Zauberer brüllte: „Ihr habt mich hereingelegt! Dieses Auge ist unbrauchbar!“

Er griff nach Merlins Stab der Macht, richtete ihn auf Philipp und Anne und murmelte einen Zauberspruch: „Ro-eeh-...“

„Wartet!“, rief jemand. Teddy stürmte in den Thronraum. „Wartet! Wartet!“

Der Zauberer hielt den Stab in der Luft und starrte Teddy wütend an.

„Wir haben eine Überraschung für Euch!“, schrie Teddy dem Eiszauberer zu.

Hinter einer Eissäule kamen Kathrein und eine junge Frau mit langen Zöpfen hervor. Um ihre Schultern lag ein gefiederter Umhang. Sie ging langsam auf den Thron zu.

Der Eiszauberer senkte Merlins Stab und starrte die junge Frau an. Er war reglos wie eine Statue – dann lief eine eisblaue Träne aus dem gefrorenen Auge über seine bleiche Wange.

„Ist das seine Schwester, die Schwanenfrau?“, flüsterte Anne.

„Ja“, antwortete Kathrein leise.

Die Schwanenfrau sprach in einer fremden Sprache mit dem Eiszauberer: *„Val-ee-ven-o-wan.“*

„Was hat sie gesagt?“, wollte Philipp wissen.

„Sie sagt: *‚Ich bin zurückgekommen, um dir zu verzeihen‘*“, übersetzte Kathrein.

Der Zauberer stieg die Treppen des Throns hinab. Behutsam berührte er das Gesicht der Schwanenfrau.

„Wie habt ihr sie gefunden?“, fragte Philipp Teddy.

„Ein Seehund führte uns unter dem Eis zur ‚Insel der Schwäne‘“, erzählte Teddy.

„Als wir sie gefunden hatten, haben wir ihr erzählt, wie sehr ihr Bruder sie vermisst“, berichtete Kathrein weiter. „Außerdem habe ich ihr von euch beiden erzählt und wie ihr euch immer gegenseitig helft.“

Der Zauberer und seine Schwester sprachen leise miteinander.

Anne machte einen Schritt nach vorne. Der Eiszauberer sah sie an. „Meine Schwester ist zurückgekommen“, sagte er. „Und plötzlich kann ich auch mit beiden Augen sehen. Ich kann alles sehen.“

„Das freut mich“, sagte Anne. „Aber jetzt müsst Ihr Merlin und Morgan zurückbringen.“

Der Zauberer hob Merlins Stab der Macht und gab ihn Anne und Philipp. „Haltet ihn gut fest und ruft nach ihnen.“

Als sie den Stab zusammen hielten, warf Anne ihren Kopf in den Nacken und rief: „Merlin und Morgan, kommt zurück!“

Ein langer blauer Lichtblitz schoss aus dem Stab direkt auf die beiden Wölfe zu.

Mit einem Mal verwandelten sich
die Wolfsaugen in Menschenaugen,
die Wolfsnasen in Menschennasen,
die Wolfsmäuler in Menschenmünder,
die Wolfsohren in Menschenohren,
die Wolfspfoten in Hände und Füße und die Wolfspelze in lange rote Umhänge!

Die beiden Wölfe waren verschwunden und an ihrer Stelle standen dort ein Mann und eine Frau.

Mit der Weisheit des Herzens

Anne lief zu Morgan und umarmte sie.

„Wir sind euch gefolgt, um euch zu helfen“, erklärte Morgan.

„Der Eiszauberer hat uns erzählt, dass uns die Wölfe auffressen, wenn sie uns einholen“, sagte Philipp.

„Ich hatte Angst, dass sie euch erkennen, wenn ihr ihnen zu nahe kommt“, erklärte der Eiszauberer schuldbewusst. „Aber ich werde kein Unheil mehr anrichten, jetzt, da ich die Dinge wieder richtig sehen kann …“

„Du kannst sehen, weil du dein Herz zurückhast“, erklärte Morgan. „Es war nicht nur dein Auge, das dir fehlte, es war auch dein Herz. Wir sehen mit unserem Herzen oft besser als mit unseren Augen.“

„Und nun kannst du die Weisheit finden, nach der du bei den Nornen gesucht hast“, sagte Merlin. „Denn Weisheit ist Wissen, das man nicht nur mit dem Kopf, sondern auch mit dem Herzen erlangt.“

Der Eiszauberer nickte. „Bitte versucht, mir in *euren* Herzen zu vergeben“, bat er. „Nehmt den Schlitten, damit ihr sicher nach Hause kommt.“

Philipp gab Merlin den schweren Stab zurück. Sobald Merlin seinen Stab der Macht in den Händen hielt, wirkte er noch größer als zuvor. „Lasst uns gehen!“, sagte er munter.

Kurz bevor sie den Raum verließen, sahen sich Philipp und Anne noch einmal nach dem Eiszauberer und seiner Schwester um. Sie waren tief in ein Gespräch versunken.

„Sie haben sich seit Jahren nicht gesehen“, sagte Anne. „Sie haben sich bestimmt eine Menge zu erzählen.“

„Ja“, antwortete Philipp und nahm Annes Hand. Sie folgten ihren Freunden zum Schlitten des Eiszauberers und stiegen ein.

Philipp holte die Windschnur heraus. Da der Schlitten jetzt schwerer war als vorher, öffnete Philipp vier Knoten. Der Schlitten sauste über den Schnee.

Während der Schlitten durch die Morgendämmerung glitt, drehte sich Anne zu Morgan und Merlin um. „Könnt ihr mir sagen, wie der Frostriese aussieht?“

Merlin lächelte. „Es gibt keinen Frostriesen“, ant-wortete er. „Nachts fegt der Wind oft durch den Hohlen Hügel wie ein Wirbelsturm. Ihr habt einen dieser Stürme erlebt.“

„Aber was ist mit der Geschichte der Nornen, in der sie dem Frostriesen das Auge des Eiszauberers schenken?“, wollte Philipp wissen.

„In früheren Zeiten glaubten viele Menschen, dass die Naturgewalten gefährliche Riesen oder Monster sind“, erklärte Morgan. „Die drei Nornen sind die Letzten, die noch von ihrem alten Volk übrig sind.

Sie glauben daran, dass der Frostriese ein lebendes Wesen ist, das im Hohlen Hügel herumspukt.“

Philipp schüttelte den Kopf. „Wir haben den Nornen geglaubt, dass wir erfrieren würden, wenn wir den Frostriesen direkt ansehen.“

„Und wir haben dem Eiszauberer geglaubt, als er sagte, dass die Wölfe uns fressen würden!“, sagte Anne.

„Menschen machen sich häufig weis, dass die Welt viel unheimlicher ist, als es in Wirklichkeit der Fall ist“, sagte Morgan.

In diesem Moment kam Philipp die Welt überhaupt nicht unheimlich vor. Alles war freundlich und still.

Er konnte das Baumhaus ganz in der Nähe auf der Spitze einer Schneewehe erkennen. Philipp machte wieder vier Knoten in die Windschnur. Der Schlitten blieb am Fuße der Schneewehe stehen.

Merlin sah Philipp und Anne an. „Ihr beide habt großen Mut bewiesen“, sagte er. „Ich danke euch.“

„Keine Ursache“, meinten Philipp und Anne bescheiden. Dann kletterten sie aus dem Schlitten. Sie sahen sich nach Teddy und Kathrein um. „Hoffentlich helft ihr uns auch bei unserer nächsten Reise“, sagte Anne.

Dann stapften sie die Schneewehe hinauf. Oben angekommen, kletterten sie durch das Fenster in das Baumhaus.

Philipp hob den grauen Stein vom Boden auf. Er zeigte auf die Worte *Pepper Hill* in der Nachricht des Zauberers. „Ich wünschte, wir könnten dort sein", sagte er.

Wind kam auf.

Das Baumhaus fing an, sich zu drehen. Es drehte sich schneller und immer schneller.

Dann war alles wieder still.

Totenstill.

Philipp machte die Augen auf. Sie waren wieder im Wald von Pepper Hill. Wie immer war nicht eine einzige Minute vergangen, während sie weg gewesen waren.

„Komm, lass uns nach Hause gehen“, sagte Anne und kletterte die Strickleiter hinunter. Philipp folgte dicht hinter ihr.

Unten angekommen, fiel Philipp die Windschnur ein. „Wir haben vergessen, die Schnur zurückzugeben“, sagte er. „Ich glaube, Merlins Zauberkraft hat den Schlitten zurück nach Camelot gebracht.“

Er zog seine Handschuhe aus und öffnete einen Knoten. Nichts passierte.

„Ich glaube, in unserer Welt ist es einfach nur ein Stück Schnur“, sagte er.

Die Geschwister liefen aus dem Wald und gingen die Straße hinunter nach Hause. Als sie zur Verandatreppe kamen, blieb Philipp überrascht stehen. Annes roter Schal hing über der Brüstung!

Anne hielt ihn hoch. In den Schal war ein kleines Bild von Philipp und Anne und zwei Wölfen gewebt.

„Cool, was?“, meinte Anne.

Die Tür ging auf und ein köstlicher Geruch kam aus dem Haus.

„Hallo!“, sagte ihre Mutter. „Die Plätzchen sind fertig!“

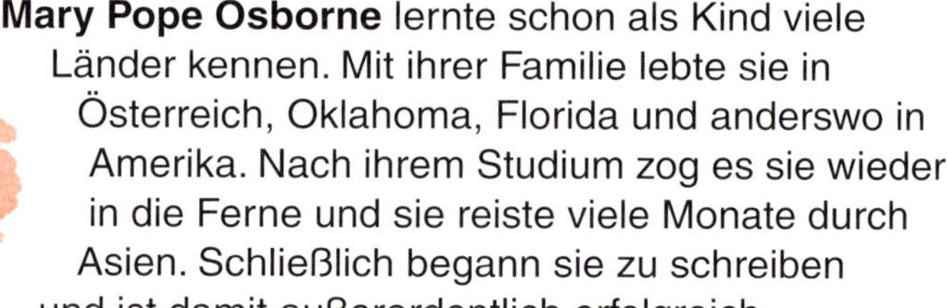

Mary Pope Osborne lernte schon als Kind viele Länder kennen. Mit ihrer Familie lebte sie in Österreich, Oklahoma, Florida und anderswo in Amerika. Nach ihrem Studium zog es sie wieder in die Ferne und sie reiste viele Monate durch Asien. Schließlich begann sie zu schreiben und ist damit außerordentlich erfolgreich. Bis heute sind schon über hundert Bücher von Mary Pope Osborne erschienen. *Das magische Baumhaus* ist in den USA und in Deutschland eine der beliebtesten Kinderbuchreihen.

Jutta Knipping, geboren 1968, hat erst eine Ausbildung zur Druckvorlagenherstellerin absolviert, bevor sie in Münster Visuelle Kommunikation studierte. Schon während ihres Studiums hat sie erste Bücher illustriert. Mittlerweile ist sie freiberuflich als Grafikdesignerin und Illustratorin tätig. Jutta Knipping lebt mit ihrem Mann und zwei Kindern in der Nähe von Osnabrück und lässt sich von ihren Katern Leo und Micki gern bei der Arbeit zugucken.

Das magische Baumhaus junior

Band 25
ISBN 978-3-7432-0958-9

Band 26
ISBN 978-3-7432-0959-6

Band 27
ISBN 978-3-7432-0960-2

Band 28
ISBN 978-3-7432-0961-9